دار جامعة حمد بن خليفة للنشر
صندوق بريد 5825
الدوحة، دولة قطر

www.hbkupress.com

جميع الحقوق محفوظة.

لا يجوز استخدام أو إعادة طباعة أي جزء من هذا الكتاب بأي طريقة دون الحصول على الموافقة الخطية من الناشر باستثناء حالة الاقتباسات المختصرة التي تتجسد في الدراسات النقدية أو المراجعات.

الطبعة العربية الأولى عام 2022
الترقيم الدولي: 9789927161612

تمت الطباعة في الدوحة-قطر.

مكتبة قطر الوطنية بيانات الفهرسة – أثناء – النشر (فان)

أبو شقرا، هدى، مؤلف.

موهوب يريد أن يتعلم / تأليف هدى أبو شقرا ؛ رسوم كريستين مينارد. الطبعة العربية الأولى. - الدوحة، دولة قطر : دار جامعة حمد بن خليفة للنشر، 2022.

24 صفحة ؛ 24 سم
تدمك: 978-992-716-161-2

1. المدرسة -- قصص للأطفال. 2. قصص الأطفال العربية. 3. الكتب المصورة. أ. مينارد، كريستين، رسام. ب. العنوان.

PZ10.731. A27 2022

892.737 – dc23

20222855758x

موهوب يُريدُ أنْ يتعلَّمَ

تأليف: هدى أبو شقرا
رسوم: كريستين مينارد

دار جامعة حمد بن خليفة للنشر
HAMAD BIN KHALIFA UNIVERSITY PRESS

موهوبٌ تمساحٌ صغيرٌ يعيشُ في بيتٍ وسطَ الغابةِ، يُطلُّ على نهرٍ كبيرٍ؛ فالتماسيحُ تحبُّ الأنهارَ وتَسبحُ فيها وتصطادُ.

وبيتُ موهوبٍ واسعٌ ويتَّسعُ لعائلتِه الكبيرةِ التي تتكوَّنُ منَ التمساحِ الأبِ والتمساحةِ الأمِّ وعشرةِ إخوةٍ وأخواتٍ.

وموهوبٌ هو الأصغرُ في العائلةِ. لكنْ لا وقتَ لديْه للَّعبِ، لأنَّه مشغولٌ دائمًا!

عائلةُ موهوبٍ لا تَعرفُ الراحةَ! يعملُ كبارُها وصغارُها طوالَ النهارِ.
وموهوبٌ مهذَّبٌ ومطيعٌ، فإذا قالَ له والِدُه: «اجمعِ الحطبَ يا موهوبُ»، يذهبُ موهوبٌ ويجمعُ الحطبَ.

وإذا قالتْ له أمُّهُ: «نظِّفِ الأرضَ منَ الترابِ يا موهوبُ»، يَأتي موهوبٌ بالمكنسةِ ويبدأُ في التنظيفِ. يَنشَغِلُ موهوبٌ طوالَ الوقتِ، ومعَ ذلِك يَشعرُ بالمَلَلِ.

ذاتَ يومٍ، رأى موهوبٌ قلمَ تلوينٍ في الحقْلِ! فاستغْربَ شكلَه.
وفجأةً! اقتربَ منهُ ثعلبٌ صغيرٌ، وقالَ:
«هذا قلمُ تلوينٍ، نُلوِّنُ به رسومَنا الجميلةَ».
ثمَّ عرَّفَه بنفسِه: «اسمي ثرثارٌ»، وأَخَذَ يتكلَّمُ دُونَ تَوقُّفٍ.

أخبرَه موهوبٌ بأنَّه لمْ يرَ قلمَ تلوينٍ منْ قَبْلُ!

فَرَدَّ ثرثارٌ: «لأنَّك لا تَذهبُ معنا إلى المدرسةِ».

سَأَلَ موهوبٌ باستغْرابٍ: «ما معْنى المدرسةِ؟!»

أجابَه ثرثارٌ: «المدرسةُ مكانٌ نَتعلَّمُ فيه القراءةَ والكتابةَ وأمورًا أخرى كثيرةً».

وحدَّثَهُ عنِ المعلمينَ والرفاقِ، وعنْ أوقاتِ الدرسِ والتسليةِ، وعنِ الحقيبةِ والقرطاسيةِ.

تمنَّى موهوبٌ أنْ يتعلَّمَ مثلَ ثرثارٍ. وخَشِيَ ألا يَسمحَ لهُ والدُه بتركِ العملِ والذهابِ إلى المدرسةِ!

أنْهى موهوبٌ جَمْعَ الحطبِ، وعادَ إلى البيتِ قبلَ الجميعِ.
دخلَ إلى غُرفتِهِ، وأخذَ النقودَ منْ حَصَّالتِه، ثمَّ قَصدَ السوقَ، واشترى حقيبةَ ظهرٍ صفراءَ ودفتـرًا وأقلامًا وعُلبةَ ألوانٍ.

وبعدَ رجوعِه مِنَ السوقِ، خبَّأ الحقيبةَ تحتَ سريرِهِ، ونامَ باكرًا.

في تلك الليلةِ، حَلَمَ موهوبٌ أنَّه في المدرسةِ معَ رفاقِه، يرسمُ تنِّينًا ينفخُ نارًا، وأشجارًا على تَلَّةٍ خضراءَ، وثعلبًا يُشبهُ صديقَه الجديدَ ثرثارًا.

في اليومِ التالي، نهضَ موهوبٌ مُتحمِّسًا قبلَ أفرادِ أسرتِه. تَناولَ فطورَه بسرعةٍ، وحملَ حقيبتَه على ظهْرِه، ووقفَ عندَ البابِ يَنتظرُ مرورَ ثرثارٍ كيْ يُرافقَهُ.

وصلَ الثعلبُ الصغيرُ، وفرِحَ برؤيةِ موهوبٍ، ثمَّ سارَ باندفاعٍ نحوَه. دخلَ إلى البيتِ، وبدأَ يحدِّثُه دُونَ توقُّفٍ عنِ المدرسةِ والأصدقاءِ الجُددِ.

خافَ موهوبٌ أنْ تَستيقظَ العائلةُ على صوتِ ثرثارٍ، وأنْ يَمنعَهُ والِدُه منَ الذهابِ إلى المدرسةِ.

وأشارَ إلى صديقِه كيْ يَصمتَ، لكنَّ ثرثارًا انشغلَ بالكلامِ، ولم يفهمْ قَصْدَ موهوبٍ حينَ وضعَ إصبعَهُ على فمِه، وقالَ: «هشششششش».

كانَ خوفُ موهوبٍ في محلِّه! فقد استيقظَ والِدُهُ، وبدا الانزعاجُ على وجْهِه.

وسألَ: «إلى أينَ أنتَ ذاهِبٌ يا موهوبُ؟»

أجابَه بصوتٍ مرتجفٍ: «إلى المدرسةِ».

فقالَ الوالدُ غاضبًا: «إلى المدرسةِ؟ وماذا ستفعلُ في المدرسةِ؟»

ردَّ موهوبٌ: «أُريدُ أنْ أتعلَّمَ القراءةَ والكتابةَ والرسمَ، وأنْ أتعرَّفَ إلى أصدقاءَ منْ عُمري وأنْ ألعَبَ معَهم».

عَبَسَ الوالِدُ وقالَ: «هيا انزعْ عنْ ظهرِك هذه الحقيبةَ المضحكةَ، فالتماسيحُ لا تَذهبُ إلى المدرسةِ!»

نكَّسَ موهوبٌ رأسَه، ثمَّ نَظرَ إلى أمِّه يَستنجدُ بها، وقد اغرَوْرَقَتْ عيناهُ بالدموعِ!

وسارَ باكيًا نحوَ غرفتِه كيْ ينزعَ الحقيبةَ، ويَلبسَ ثيابَ العملِ.

فجأةً، سمعَ موهوبٌ ثرثارًا يقولُ:
«هلْ تعرفُ يا عمُّ أنَّني أساعدُ أبي في حِساباتِ مَتْجرِه، لأنَّني أتعلَّمُ الحسابَ في المدرسةِ».

قالَ والدُ موهوبٍ: «ممتازٌ. لكنَّ ابني يَعرفُ كيفَ يُساعدُ أسرتَه، منْ دونِ أنْ يَذهبَ إلى المدرسةِ!»

ثمَّ نادى موهوبًا وقالَ له: «إذا ذهبتَ إلى المدرسةِ، فمَنْ سَيُنظِّفُ الأرضَ؟ ومنْ سيَجمعُ الحطبَ؟ ومنْ سيُرتِّبُ البيتَ؟»

مسحَ موهوبٌ دموعَه، وقالَ: «أَعِدُكَ بأَنْ أُنجِزَ عمَلي بعدَ عودَتي منَ المدرسةِ، أرجوكَ اسمحْ لي بالذهابِ».

ظلَّ الأبُ متمسِّكًا برأيِه، وقالَ: «دَعْني أُفكِّرْ بالموضوعِ».

الصوتُ الآتي مِنْ غُرفةِ الجلوسِ، أيقظَ إخوةَ موهوبٍ وأَخواتِه! فحضروا جميعًا، وأخذُوا يتفحَّصونَ حقيبتَه بِدهْشةٍ. واستغربوا قدومَ زائرٍ جديدٍ في الصباحِ الباكرِ أيضًا!

فَسألتِ الأُمُّ، وهيَ تمسحُ دموعَ صغيرِها: «مِنْ أينَ جِئتَ بهذهِ الحقيبةِ يا موهوبُ؟»

أخبرَها موهوبٌ عنِ النقودِ والحصَّالةِ، وعنْ ذهابِه إلى السوقِ، وعنْ شراءِ الحقيبةِ والدفترِ وعُلبةِ الألوانِ.

وأرادَ أَنْ يعرِّفَ الجميعَ على ثرثارٍ، لكنَّ الثعلبَ عرَّفَ نفسَه، وبدأَ بالكلامِ عنِ المدرسةِ دونَ توقُّفٍ!

أُعجِبتِ التماسيحُ بكلامِ ثرثارٍ، وأنصتَ إليهِ الجميعُ باهتمامٍ، وعرفوا أنَّ الذهابَ إلى المدرسةِ أمرٌ ضروريٌّ.

واقتربَ أحدُ الإخوةِ منْ موهوبٍ، وسألَه بصوتٍ مُنخفضٍ وخَجولٍ: «هلْ ستَقْرأُ لنا قِصصًا جميلةً إذا تعلَّمْتَ القراءةَ؟»

ابتسمَ موهوبٌ، وقالَ: «سأقرأُ لكمْ كُلَّ الحكاياتِ الجميلةِ».
وسألَتْه إحدى أخواتِه: «هلْ ستُخبرُنا عنْ حصصِ اللَّعبِ أيضًا؟»
فهمَسَ في أُذنِها قائلًا: «إذا سمحَ لنا أبي باللَّعبِ بعدَ العملِ، سنتسلَّى كأنَّنا في المدرسةِ تمامًا».

اقتربتِ الأمُّ منَ التمساحِ الأبِ، وهمستْ في أُذنِه بكلامٍ غيرِ مسموعٍ.

كانَ الجميعُ يَنظرُ إليهما باهتمامٍ وترقُّبٍ.

وبعدَ دقائقَ منَ التفكيرِ، قالَ الأبُ: «حسنًا، أنا مُوافِقٌ».

قَفَزَ موهوبٌ منَ الفرحِ، ثمَّ شكرَ أمَّهُ بنظرةٍ منْ عينَيْه الباسِمتينِ.

اقتربَ الأبُ منْ موهوبٍ، ورَبَتَ على رأسِه، وقالَ له: «أنا أُحِبُّك كثيرًا، اذْهَبْ إلى المدرسةِ، وأنا واثِقٌ أنَّك ستَكونُ منَ الناجِحينَ».

صفَّقتِ التماسيحُ منَ الفرحِ، وقالَ الجميعُ لموهوبٍ: «منْ حقِّك أنْ تَتعلَّمَ».